PRÉSENTATION

"Eastwood, Dunkeld
4 septembre 1893

Mon cher Noël,
Je ne sais pas quoi t'écrire, alors je vais te raconter
l'histoire de quatre petits lapins qui s'appelaient
Flopsaut, Trotsaut, Queue-de-Coton et Pierre...''

Voici comment est né Pierre Lapin, le premier d'une portée d'une vingtaine de petits livres, faciles à prendre dans la main. Des générations d'enfants les ont manipulés, avant même de savoir lire, pour se les faire raconter. Ils y sont entrés aussi facilement que le jeune Noël à qui s'adressait Beatrix Potter.

A presque cent ans de là, les images gardent toute leur fraîcheur et une vérité qui tient à une observation scrupuleuse, une précision de naturaliste. La transparence de l'aquarelle rend sensibles la rondeur chaude et palpitante des petits ventres des lapins exposés innocemment, la drôlerie naturelle des vêtements ajustés. Les intérieurs encombrés et chaleureux s'opposent aux vastes espaces sereins, —l'Angleterre des lacs ; entre les deux, l'univers des hommes existe parfois, avec ses dangers pour les petits animaux. Le regard profondément attentif de Beatrix Potter restitue l'étonnement et l'émerveillement des découvertes enfantines.

Fidèles à leur nature animale, les personnages de cet univers incarnent les sentiments élémentaires et forts qui rencontrent un écho chez les petits d'hommes.

Beatrix Potter a aussi travaillé son texte pour qu'il soit toujours plus simple, naturel et direct. Chaque mot porte sa charge de sensations : sons, odeurs, impression de mouvement donnée tant par le rythme vif du texte que par l'image.

La simplicité de Beatrix Potter n'est ni condescendante, ni moralisante. Elle disait: *"Je n'invente pas, je copie. J'écris pour mon propre plaisir, jamais sur commande."*

Ses petits animaux affairés et pourtant disponibles vivent dans un monde où l'on se sent toujours invité.

Geneviève Patte
7 mai 1980

La Famille Flopsaut

BEATRIX POTTER

FREDERICK WARNE
in association with
Gallimard

*Pour réaliser cette édition, les techniques de photogravure
les plus en pointe ont été utilisées, directement à partir des
aquarelles originales de Beatrix Potter, et non comme pour
les éditions antérieures, à partir de plaques usagées. Ce
procédé permet pour la première fois d'apprécier l'œuvre
de l'artiste avec une fraîcheur et une vérité jamais
atteintes même de son vivant.*

FREDERICK WARNE
in association with Editions Gallimard

Published by the Penguin Group
27 Wrights Lane, London W8 5TZ, England
Viking Penguin Inc., 40 West 23rd Street, New York, New York 10010, USA
Penguin Books Australia Ltd, Ringwood, Victoria, Australia
Penguin Books Canada Ltd, 2801 John Street, Markham, Ontario, Canada L3R 1B4
Penguin Books (NZ) Ltd, 182-190 Wairau Road, Auckland 10, New Zealand

Penguin Books Ltd, Registered Offices: Harmondsworth, Middlesex, England

Original title: The Tale of The Flopsy Bunnies, 1909
First published in this translation by Editions Gallimard, 1980
This edition first published 1990

Colour reproduction by
East Anglian Engraving Company Ltd, Norwich
Printed and bound in Great Britain by
William Clowes Limited, Beccles and London

*Pour tous les petits amis
de Monsieur MacGregor,
de Pierre et de Benjamin.*

LA FAMILLE FLOPSAUT

On dit que la laitue a des vertus soporifiques. Pour ma part, je ne me suis jamais sentie somnoler après avoir mangé de la salade, mais il est vrai que je ne suis pas un lapin.

En tout cas, la laitue avait sans aucun doute un effet très soporifique sur les lapins de la famille Flopsaut.

Quand Benjamin Lapin fut devenu grand, il épousa sa cousine Flopsaut. Ils eurent de nombreux enfants et toute la famille vivait dans la joie et l'insouciance.

Je ne me souviens plus du nom de chacun de leurs enfants ; on les appelait généralement « les petits Flopsaut ».

Comme il n'y avait pas toujours assez à manger, Benjamin avait coutume d'emprunter des choux à son beau-frère, Pierre Lapin, qui était jardinier.

M ais parfois, Pierre Lapin n'avait plus de choux à lui donner.

Alors, ces jours-là, la famille Flopsaut traversait le champ au bout duquel il y avait un fossé qui servait à entasser les mauvaises herbes. Ce fossé se trouvait derrière le jardin de Monsieur Mac-Gregor.

Mais Monsieur MacGregor ne jetait pas que des mauvaises herbes dans ce fossé. Il y avait aussi des pots de confiture, des sacs en papier, l'herbe qu'il coupait avec sa tondeuse (cette herbe avait toujours un goût d'huile), des courges pourries et une ou deux vieilles bottes. Un jour – quel bonheur ! – les lapins y trouvèrent des laitues qui avaient trop poussé et qui étaient montées en graine.

L a famille Flopsaut se goinfra littéralement de laitue. Alors, peu à peu, l'un après l'autre, tous se laissèrent gagner par le sommeil et s'étendirent dans l'herbe coupée.

Benjamin céda moins vite que ses enfants à la somnolence. Il eut le temps, avant de s'endormir, de se couvrir la tête d'un sac en papier pour se protéger des mouches. Ensuite, il s'assoupit à son tour.

Les petits Flopsaut étaient plongés dans un délicieux sommeil, bien au chaud sous les rayons du soleil. Derrière le mur du jardin de Monsieur Mac-Gregor, on pouvait entendre le cliquetis lointain d'une tondeuse à gazon. Des mouches bleues bourdonnaient et une petite souris grignotait des déchets parmi les pots de confiture.

(Je puis vous dire son nom, elle s'appelait Thomasine Souricette ; c'était une souris des champs et elle avait une longue queue.)

En se faufilant près du sac en papier de Benjamin, elle le réveilla.

La souris lui fit bien des excuses et lui dit qu'elle connaissait Pierre Lapin.

Tandis qu'ils parlaient, ils entendirent un bruit de pas au-dessus de leurs têtes et soudain, Monsieur MacGregor vida un sac d'herbe coupée sur les petits Flopsaut qui dormaient. Benjamin se recroquevilla sous son sac en papier et la souris se cacha dans un pot de confiture.

Les lapereaux souriaient dans leur sommeil sous cette pluie d'herbe coupée. Ils ne se réveillèrent pas, car la laitue avait décidément sur eux des effets très soporifiques.

Ils rêvèrent que leur mère les bordait dans un lit de foin.

Après avoir vidé son sac, Monsieur MacGregor jeta un coup d'œil dans le fossé. Il vit alors de drôles de petits bouts d'oreilles de lapins qui dépassaient du tas d'herbe. Il les observa pendant quelques instants.

Peu après, une mouche vint se poser sur un de ces petits bouts d'oreille et l'oreille remua.

Alors, Monsieur MacGregor descendit dans le fossé. « Un, deux, trois, quatre, cinq, six petits lapins », dit-il en les ramassant et en les déposant dans son sac. Les lapereaux rêvèrent que leur mère les retournait dans leur lit. Ils remuèrent dans leur sommeil mais ne se réveillèrent pas.

Monsieur MacGregor ficela le sac et le laissa sur le mur du jardin.

Puis il s'en alla ranger sa tondeuse à gazon.

P endant qu'il était ainsi occupé, Madame Flopsaut (qui était restée à la maison) traversa le champ.

Elle regarda le sac avec méfiance et se demanda où était passé tout son monde.

La souris sortit alors de son pot de confiture et Benjamin enleva le sac en papier qui lui couvrait la tête. Tous deux racontèrent à Madame Flopsaut la lamentable histoire.

Benjamin et Madame Flopsaut étaient au désespoir : ils ne parvenaient pas à défaire la ficelle qui fermait le sac.

Mais la petite Thomasine Souricette était pleine de ressources. Elle grignota la toile du sac et réussit à y faire un trou.

Les parents sortirent alors leurs enfants du sac et les pincèrent pour les réveiller.

Puis ils emplirent le sac de trois courges pourries, d'une vieille brosse à cirage et de deux navets, pourris eux aussi.

E nsuite, ils allèrent se cacher
sous un buisson en atten-
dant le retour de Monsieur Mac-
Gregor.

M onsieur MacGregor revint
bientôt, ramassa le sac et
l'emporta.

A la façon dont il marchait,
penché de côté, il semblait que
le sac fût bien lourd.

Toute la famille Flopsaut
suivit Monsieur MacGregor à
distance.

Ils le regardèrent entrer dans sa maison.

Puis ils se glissèrent silencieusement jusqu'à la fenêtre pour écouter ce qui se disait à l'intérieur.

Monsieur MacGregor jeta le sac par terre avec tant de force que les petits Flopsaut se seraient fait très mal s'ils avaient été enfermés dedans.

Les lapins entendirent Monsieur MacGregor traîner une chaise sur le sol et ricaner.

« Un, deux, trois, quatre, cinq, six petits lapins ! » dit-il.

« **D**es lapins ? Comment ça, des lapins ? Qu'est-ce qu'ils ont abîmé encore ? demanda Madame MacGregor.

– Un, deux, trois, quatre, cinq, six petits lapins bien dodus, répéta Monsieur Mac-Gregor en comptant sur ses doigts : Un, deux, trois...

– Cesse de marmonner des sottises, s'écria sa femme, qu'est-ce que tu veux dire, vieux gâteux ?

– Dans le sac ! Il y a un, deux, trois, quatre, cinq, six petits lapins », répondit Monsieur MacGregor.

(Le plus jeune des lapereaux sauta sur le rebord de la fenêtre.)

Madame MacGregor prit le sac et le palpa. Elle dit qu'elle pouvait en effet en compter six mais que c'étaient sûrement de vieux lapins, car ils étaient tous durs et tous de forme différente.

« Ils ne doivent pas être bons à manger, mais je pourrai toujours utiliser leurs peaux pour refaire la doublure de mon vieux manteau.

– La doublure de ton manteau ? s'écria Monsieur MacGregor, pas question, je vais les vendre pour m'acheter du tabac !

– Sûrement pas ! Je vais les dépecer et leur couper le cou ! »

Madame MacGregor dénoua la ficelle qui fermait le sac et plongea la main à l'intérieur.

Quand elle sentit sous ses doigts les vieux légumes, elle se mit très en colère et prétendit que son mari l'avait fait exprès.

M onsieur MacGregor, lui aussi, était furieux. L'une des courges vola à travers la cuisine et vint frapper le lapereau qui épiait à la fenêtre.

Le choc fut rude.

B enjamin et Madame Flop-
saut estimèrent qu'il était
temps de rentrer à la maison.

Monsieur MacGregor ne put donc pas acheter son tabac et sa femme dut se passer de peaux de lapin.

En revanche, à Noël, Thomasine Souricette reçut en cadeau une bonne quantité de poils de lapin qui lui permit de se faire une pelisse, un capuchon, un beau manchon et une paire de moufles bien chaudes.